L'ours et les fées pipelettes

Une histoire écrite par Anne-Isabelle Lacassagne
illustrée par Emilio Urberuaga

LES BELLES HISTOIRES
BAYARD POCHE

Il était une fois trois petites fées, très pipelettes :
elles ne s'arrêtaient jamais de parler.
En plus, elles adoraient faire des bêtises.

Ces petites fées se moquaient de tout le monde
et elles utilisaient leurs pouvoirs magiques
pour inventer mille et une farces.
À l'école, leur maître, le grand sorcier Praline,
n'en pouvait plus.
Le jour où, pour s'amuser,
elles transformèrent sa barbe blanche
en une immense chaussette,
le grand sorcier Praline se fâcha pour de bon
et il décida de les punir.

Il les envoya au bout du monde,
dans l'endroit le plus reculé, le plus triste
et le plus froid qu'il pût trouver.
Ce bout du monde, c'était la montagne.

Or, sur cette montagne, dans une grotte,
vivait un vieil ours.
C'était un drôle d'animal, un peu bourru,
qui ne voyait jamais personne.
Alors, il avait pris l'habitude de parler tout seul.
Le matin, en se réveillant, il disait : – L'ours a faim.
Et il avalait son petit déjeuner.
Quand il ne trouvait que de vieilles racines,
il disait : – L'ours en a marre,
car il préférait le miel, les feuilles fraîches et les poissons.
Tous les soirs, avant de se coucher,
il se racontait sa journée :
– Ce matin, l'ours a mangé une truite.
Cet après-midi, l'ours s'est lavé les pieds.
Ce soir, l'ours a envie de miel.

Le premier soir, les petites fées punies
se cachèrent dans la grotte.
Quand l'ours entra, il entendit des rires.
Puis il vit toutes ses affaires – sa cuillère,
son assiette, sa tasse, sa table – s'envoler.
– Qui est là ? demanda l'ours.
Personne ne répondit.
– Qui est là ? répéta-t-il plus fort.
Les petites fées riaient,
mais ne se montraient pas.

Alors l'ours se mit en colère,
une terrible colère.
Il tapa sur le sol avec ses pattes,
il sortit ses griffes,
et il cria de toutes ses forces,
de toute sa grosse voix :
– L'ours n'aime pas ça !
L'ours en a marre !

Ses affaires – son assiette,
sa tasse, sa table et son lit –
vinrent se ranger doucement à leur place.
L'ours dit encore :
– L'ours en a marre. L'ours veut dormir.
Il se coucha, il s'endormit et il oublia tout.

Mais, au milieu de la nuit, cela recommença.
L'ours fut réveillé par des voix qui riaient
et qui chantaient.
Il ouvrit les yeux et il vit
des milliers de bougies allumées.
À l'entrée, trois petites fées l'attendaient.
– On s'ennuyait…, dirent-elles.
Leurs sourires étaient malicieux
et leurs yeux brillaient.

Puis les fées s'écrièrent :
– On est des fées, on est punies, on doit rester ici.
– L'ours veut dormir, grogna l'ours.
Mais les fées continuaient de parler :
– Notre maître pensait qu'il n'y avait personne
sur cette montagne, mais vous êtes là.
Quel drôle d'endroit !
– L'ours a sommeil, dit l'ours un peu plus fort.
Les fées ne l'écoutaient même pas.
    – Et si on jouait à chat brûlé ? crièrent-elles.
    Alors l'ours hurla : – L'ours en a marre !

Toute la nuit, le vent balaya la montagne,
aplatissant l'herbe et effrayant les animaux.
Le lendemain, l'ours ne trouva rien de bon à manger.
Il bougonna : – L'ours en a marre.
Il partit à la pêche. Quand il fut bien installé,
les pieds dans l'eau, assis sur son rocher,
il entendit derrière lui : – Et si on jouait ?
Les petites fées pataugeaient déjà dans la rivière.
L'ours chuchota : – Taisez-vous, les pipelettes !
Les poissons vont vous entendre.
L'ours veut le silence.

Le soir, l'ours rentra à la grotte.
Il ne pensait plus aux fées,
mais elles étaient toujours là.
Il se raconta sa journée :
– L'ours a vu un grand poisson doré
filer dans la rivière avec ses deux petits.
L'ours a suivi les abeilles
jusqu'au grand arbre creux
et il a léché leur miel.
L'ours a rencontré un oiseau
qui lui a dit un secret...
Les petites fées tendaient
l'oreille.

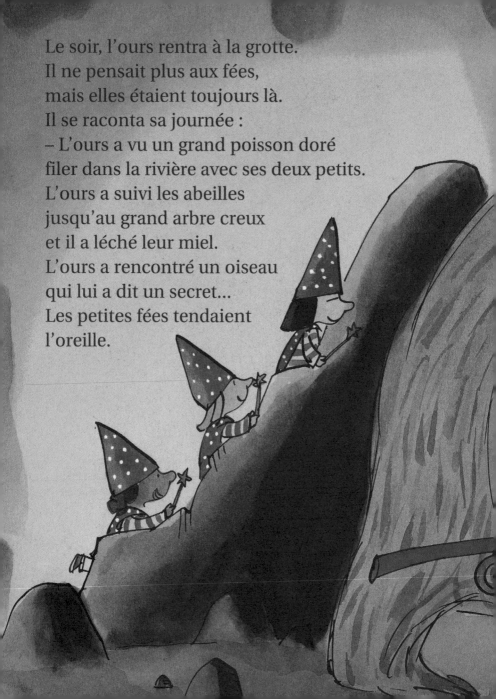

La nuit tombait et l'ours continuait à parler :
– L'ours a vu les fourmis ramasser les framboises…
Tout doucement, les petites fées s'approchèrent.
L'ours les vit, mais il ne bougea pas.
Il poursuivit : – L'ours a entendu une chouette,
qui habite tout près d'ici.
– Est-ce que tu connais son nom ?
osa demander la plus curieuse des petites fées.
L'ours répondit de sa grosse voix :
– L'ours connaît le nom de tous les habitants
de la montagne !
Alors les fées se blottirent contre lui,
        et l'ours leur raconta
            les animaux de la montagne.

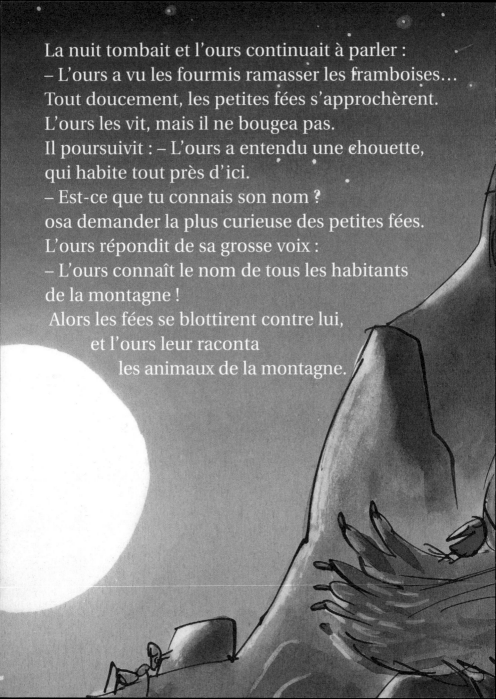

Les fées écoutèrent longtemps, longtemps...
jusqu'à ce que, doucement, leurs yeux se ferment.

Le lendemain matin, quand l'ours se réveilla,
il aperçut un vieil homme,
qui lui demanda d'un air admiratif :
– Comment fais-tu, Ô ours de la montagne,
pour que les petites fées soient si sages ?
L'ours répondit : – L'ours sait raconter des histoires.
Alors, le vieil homme déclara :
– Je te félicite.
Je suis le grand sorcier Praline.
Je lève la punition.
Maintenant, les petites fées
peuvent retourner chez elles.
Les fées pipelettes dirent au revoir
à l'ours, et elles disparurent.

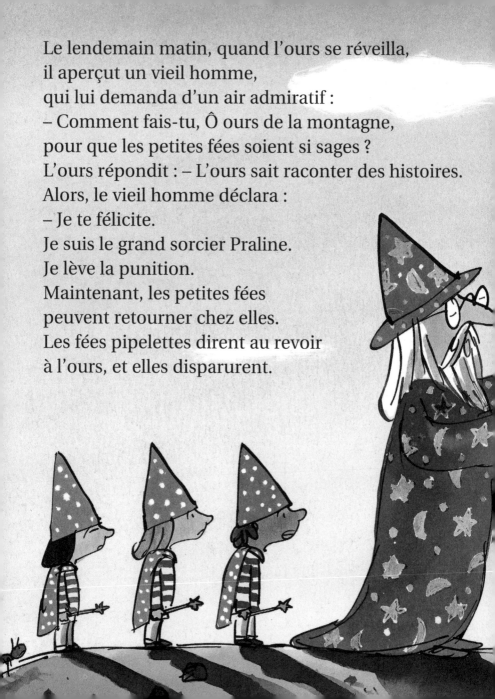

L'ours resta seul.
Les jours passèrent, et la montagne
lui parut de plus en plus triste.
Un soir, l'ours soupira : – L'ours s'ennuie.

Et, avant même qu'il ait eu le temps de le répéter,
les trois petites fées apparurent devant lui :
– Nous sommes de nouveau punies !
On l'a fait exprès. On est là pour longtemps.
Dis, tu nous racontes une histoire ?
Juste pour le plaisir de rouspéter,
l'ours dit en souriant :
– L'ours en a marre.

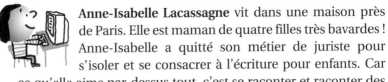

Anne-Isabelle Lacassagne vit dans une maison près de Paris. Elle est maman de quatre filles très bavardes ! Anne-Isabelle a quitté son métier de juriste pour s'isoler et se consacrer à l'écriture pour enfants. Car ce qu'elle aime par-dessus tout, c'est se raconter et raconter des histoires.

Emilio Urberuaga est né en 1954, à Madrid, où il vit encore. Il fit longtemps tous les métiers. C'est sa femme Susana qui, en lui offrant un livre sur Matisse, lui donna envie de devenir illustrateur. Ses œuvres sont exposées dans plusieurs musées européens. En France, il a illustré de nombreux livres chez Épigones, Bilboquet, Gallimard Jeunesse.

© 2005, Bayard Éditions Jeunesse
© 2002, magazine *Les Belles Histoires*
Tous les droits réservés. Reproduction, même partielle, interdite
Dépôt légal : septembre 2005
Loi du 16 juillet 1949 sur les publications destinées à la jeunesse

Achevé d'imprimer en septembre 2005

Imprimé en Italie